la courte échelle

D1358884

Les éditions la courte échelle
Montréal • Toronto • Paris

Sylvie Desrosiers

Née à Montréal, Sylvie Desrosiers rêvait d'être pilote d'avion. Mais son premier vol devait se terminer en catastrophe, avec une sévère réprimande, au rayon des bonbons chez Eaton.

Déçue de ne pas être riche et noble et de pouvoir ainsi voyager à sa guise, elle a finalement pris le parti d'en rire. Depuis 1979, elle collabore donc au magazine *Croc*. Elle y signe la chronique d'Éva Partout, la rubrique Presse en Délire en collaboration avec Jean-Pierre Plante et d'autres textes.

Elle a publié un roman pour adultes, *T'as rien compris, Jacinthe...* (Léméac, 1982) et deux recueils de la *Presse en Délire* (Ludcom, 1984-1986). Elle donne dans le journalisme, la télé, la cuisine et la marche à pied. Son plus grand rêve: aller un jour s'asseoir au milieu d'une grande plaine africaine et regarder les girafes passer en coup de vent.

Daniel Sylvestre

Daniel Sylvestre a contracté, dès sa plus tendre enfance un goût incurable pour le dessin. Guitare, jeu d'échecs et bicyclette n'y ont rien changé...

Illustrateur pigiste depuis une quinzaine d'années, il a collaboré à des films d'animation, dessiné des étiquettes de vin, des jeux, etc. Mais on le connaît surtout pour ses illustrations parues dans différents magazines (*Croc, Actualité, Châtelaine, Vice Versa*) et pour les livres d'enfants qu'il a publiés chez différents éditeurs: *Un jour d'été à Fleurdepeau, Zunik, Zunik dans Le championnat* à La courte échelle, *Voyaginaires* aux éditions Ovale.

Et il croit encore qu'il aurait aimé être Robinson Crusoé.

Les éditions la courte échelle inc.
5243, boul. Saint-Laurent
Montréal (Québec) H2T 1S4

Conception graphique:
Derome design inc.

Dépôt légal, 1er trimestre 1987
Bibliothèque nationale du Québec

Données de catalogage avant publication (Canada)

Desrosiers, Sylvie, 1954-

La patte dans le sac

(Roman Jeunesse ; 5)
Pour les jeunes.

ISBN 2-89021-063-4

I. Sylvestre, Daniel,   . II. Titre. III. Collection.

PS8557.E8745 1988   jC843'.54   C87-003571-1
PS9557.E8745 1988
PZ23.D48Pa 1988

Sylvie Desrosiers

LA PATTE DANS LE SAC

Sur une idée de Pierre Huet

Illustrations de Daniel Sylvestre

Une nuit pas tout à fait comme les autres

— Hé, le chien laid! D'où tu viens comme ça, hein? demande la voix sévère du douanier qui s'en approche doucement.

À peine le chien a-t-il esquissé un mouvement de fuite que le douanier, rapide comme l'éclair, l'attrape par le collier. Il a une poigne solide et réussit en un tour de main à immobiliser complètement Notdog.

"Oh oh, ça y est, pris au piège", pense Notdog. Il n'aurait pas dû passer si près du poste frontière. Avec les paquets qu'il transporte, cela lui était bien défendu. Il aurait dû se méfier aussi quand le douanier l'a sifflé. Mais l'odeur de steak grillé qui arrivait du poste jusqu'à son museau était si alléchante...

— Qu'est-ce que tu fais ici, hein, horrible chien? demande encore le douanier, sans lâcher prise.

Il est vrai qu'on ne peut pas dire de Notdog: quel beau chien! Non, vraiment pas. Il a le poil raide comme un tapis de corde et une couleur que seuls les daltoniens peuvent apprécier.

Assez gros, il a la taille parfaite pour dormir au pied d'un lit d'enfant et lui réchauffer les orteils. Ce qu'il fait d'ailleurs joyeusement tous les soirs avec sa jeune maîtresse Jocelyne.

Enfin, presque tous les soirs. Car une fois par semaine, en cachette, Notdog refait le même chemin dans la campagne. Toujours le même aller-retour, tout seul, la nuit.

Il traverse alors la frontière canado-américaine où il n'y a pas de route, là où quelqu'un lui a montré à traverser. Il doit être discret, surtout, surtout ne pas se faire voir. Jusqu'à cette nuit, il avait très bien réussi sa mission.

Le douanier l'emmène à l'intérieur du poste et le tient encore bien fermement. Un autre douanier s'approche et commence à le fouiller. Le médaillon dans le cou de Notdog tinte. Le douanier saisit alors son collier. Deux sacs de plastique y sont fixés solidement.

Il ouvre un des sacs et en sort un autre, plus petit, qui laisse voir au travers une poudre blanche. Il plonge l'index dedans, goûte.

— Ça ne fait aucun doute: ce chien transporte de l'héroïne! Va falloir avertir la police.

Les trois inséparables

Ce qui a réveillé Jocelyne à six heures du matin, c'est l'absence du poids de son chien Notdog sur son lit.

Inquiète de cette désertion inhabituelle, Jocelyne a tiré son long corps mince de douze ans hors des couvertures. Elle a sauté dans un jean et passé rapidement ses mains en guise de peigne dans ses cheveux noirs bouclés. Puis elle a couru chez ses amis, les deux autres du groupe des inséparables.

D'abord chez Agnès, la jolie rousse qui porte des broches aux dents. Elle ha-

bite tout près de chez elle, dans une minuscule maison de briques, au bout de la rue qui se termine en cul-de-sac.

Agnès, les yeux à moitié fermés, et elle se sont ensuite rendues chez John, à la limite du village.

John, un Anglais blond à lunettes, vit dans une demeure cossue car son père est un éleveur de chevaux prospère. C'est à peine s'il a eu le temps de s'habiller tellement Jocelyne était pressée de retrouver son chien.

Et tous les trois ont commencé à chercher.

— Notdog! Eh oh! Notdog, où es-tu? Arrête de te cacher! crie Jocelyne plusieurs fois. Ses deux amis, Agnès et John, répètent la même chose, comme l'écho. Puis:

— Tu es certaine qu'il ne s'est pas perdu, ton chien? demande Agnès, pratique.

— Oui, il est peut-être mouru, continue John, pas très doué en français, pas très optimiste non plus.

— "Mort", John. On ne dit pas "mouru", on dit "mort'" le reprend Agnès.

Jocelyne ne parle pas. Ils continuent à chercher en silence.

Il est encore très tôt et le petit village frontalier qu'ils habitent est bien tranquille. Aucun passant dans la rue principale. Les quelques commerces qui s'y trouvent n'ouvriront pas avant une bonne heure. Les trois enfants s'engagent dans cette rue.

Ils passent devant le magasin de meubles de style canadien, devant le 5-10-15 qui vend de tout. Puis, devant le bureau de monsieur Vivieux, l'assureur d'origine française. Ils enjambent ensuite l'ancienne voie de chemin de fer qui jadis coupait le village en deux.

Ils se retrouvent devant Steve La Patate et vont inspecter l'arrière du restaurant. Notdog vient souvent ici s'amuser à faire les poubelles. Aucune trace de lui.

Ils passent devant le garage Joe Auto et aperçoivent Joe lui-même, déjà sale.

— Bonjour, Joe, dit Jocelyne. Tu n'as pas vu mon chien par hasard?

— Non.

— Tu es bien sûr?

— Il est assez laid pour qu'on le remarque!

Et Joe retourne à son atelier.

Jocelyne, Agnès et John se regardent en soupirant. Mais où est donc passé ce chien?

Il fait déjà chaud. Juillet est particulièrement beau cette année. Ici et là, une odeur de rôties et de bacon grillé parvient à leur nez.

Arrivés devant la banque, le seul immeuble de plus de deux étages du village, ils tournent à droite. De biais, on voit la petite et invitante tabagie de l'oncle de Jocelyne, Édouard Duchesne. C'est lui qui a la garde de sa nièce depuis que les parents de Jocelyne sont morts, deux ans auparavant.

"Il ne devrait pas tarder à ouvrir, il

ouvre toujours avant les autres", pense Jocelyne.

— Écoute, ça fait une heure qu'on cherche. Et j'ai faim, moi! dit John, impatient.

C'est vrai que personne n'a encore pris son petit déjeuner.

— Moi aussi, j'ai faim. Ne t'en fais pas. Notdog va être affamé bientôt et tu vas le voir arriver, dit Agnès.

Pas rassurée du tout, Jocelyne soupire avant de continuer:

— Tu as peut-être raison. Bon. Alors on se retrouve au lac?

Et chacun prend la direction de sa maison. Agnès et John pensent à leur estomac. Jocelyne, à son chien. Elle décide de chercher encore un peu avant de rentrer, sans savoir que chez elle il se passe des choses...

Trois petits tours et puis s'en vont... où?

Dans son bureau de directeur de la fourrière municipale, Auguste Gendron fait ses comptes. Sérieux, malingre et tiré à quatre épingles, il écrit.

Colonne de droite, dépenses: nourriture pour les animaux, soins du vétérinaire, salaire de la secrétaire madame Leboeuf. Sous la rubrique "salaire du directeur", il inscrit quelques chiffres et se lève.

"Ce salaire est beaucoup trop bas pour quelqu'un comme moi." Voilà ce qu'Auguste Gendron se dit en marchant de long en large. Sur la moquette épaisse, ses pas ne font aucun bruit. Et on entend à peine le quich! quich! quich! que font les jambes de son pantalon en se frottant l'une contre l'autre.

Il se rassoit dans son fauteuil de directeur. Colonne de gauche, revenus: dons, subventions, ventes d'animaux.

Il additionne, soustrait, divise. Pas un sou de perdu. Il faut dire qu'Auguste Gendron est un homme d'affaires hors pair.

Satisfait, il sort d'un tiroir fermé à clé un calepin noir sans titre et commence d'autres calculs. Le téléphone sonne.

— Allô!... Ah, bonjour, monsieur le chef de police... Non non non, vous ne me dérangez pas du tout. Que puis-je pour vous?

Suit une longue explication du chef de police sur l'arrestation de Notdog.

— Oui, oui chef, c'est bien moi qui ai vendu ce chien à Édouard Duchesne... Vous voulez le mettre dans une cage à la fourrière en attendant l'enquête? Mais certainement!...L'identifier au poste? Bien sûr! À tout à l'heure, chef.

Auguste Gendron raccroche. Il ferme le calepin noir et le remet dans le tiroir. Il referme à clé et réfléchit en tapotant sur la surface lisse du bureau.

* * *

À la mairie, le maire Michel est bien nerveux. Il n'arrive pas à rester plus de deux minutes assis à son bureau. Il se lève, va chercher un café, revient.

Le chef de police vient de lui rapporter toute l'affaire.

"Ennuyeux, vraiment ennuyeux", pense-t-il.

Plusieurs dossiers traînent sur son bureau, mais il n'en ouvre aucun. Il s'allume une cigarette avec ce qui reste de la précédente et tousse furieusement.

"Quoi faire, quoi faire? Je crois qu'il serait plus sage que j'annule mon petit voyage à Montréal cet après-midi." Voilà ce que se dit le maire Michel devant la situation.

— C'est grave, très grave, lance-t-il tout haut, même s'il est seul.

Ses pas de gros homme résonnent sur le parquet.

Il sort de son trousseau une petite clé qui ouvre un tiroir.

Il en retire un carnet dans lequel sont inscrits des numéros de téléphone. Il cherche, trouve celui qu'il voulait et commence à le composer. Il s'arrête au troisième chiffre.

"Non, je ne peux pas téléphoner d'ici. On pourrait m'entendre", pense-t-il.

Il décide alors d'aller faire son appel ailleurs. Il va annuler son rendez-vous et se rendre au poste de police. "Il faut absolument que je trouve un moyen d'éviter le scandale."

* * *

Au beau milieu de la rue, Bob les Oreilles Bigras ne semble pas dans son état normal. Quel est son état normal? À vrai dire, peu de gens le savent. Disons qu'aujourd'hui, le motard local est différent.

Bob les Oreilles Bigras n'est pas bien dangereux, mais tout le monde s'en méfie. On ne lui connaît pas d'amis, de famille, de travail, de maison. Tout ce qu'on sait, c'est qu'il traîne parfois au village et qu'il est impoli.

Justement, monsieur Vivieux, l'agent d'assurances, se dirige vers son bureau. Bob lui crie:

— Aïe, Vivieux! Pour moi, tu vivras pas vieux!

Et il éclate de rire. Vivieux s'éloigne outré.

Puis, c'est au tour de Joe Auto de se faire crier par Bob:

— Aïe Joe Auto, es-tu un auto-matique?

Et il éclate encore de rire. Il se roule littéralement par terre.

Mais monsieur Vivieux, un homme aimant la paix publique, a aussitôt appelé la police. Déjà absorbé par l'affaire Notdog, le chef arrive, impatient, ses menottes dans une main.

— Alors, Bob les Oreilles Bigras, on fait le zouave aujourd'hui?

L'eau froide, l'eau chaude

— T'as peur, t'as peur, t'as peur!
crie Agnès à John.

— Mes oreilles sont toutes bleues!
répond-il, les deux pieds sur le bord du
petit bassin de la rivière aux Brochets.

— On dit "orteils", John, pas "oreilles". "Orteils"!

— En tout cas, c'est trop froid.

Et John décide que la baignade aujourd'hui, c'est pour les poissons. Par
bravade, Agnès saute dans l'eau.

— Ouais, c'est pas chaud chaud

chaud, dit-elle en s'empressant de sortir.

Ce bassin, c'est leur lieu à eux tout seuls, Agnès, John et Jocelyne. C'est ici qu'ils se sont donné rendez-vous.

— John! Agnès! C'est épouvantable! crie de loin Jocelyne qui arrive en coup de vent, essoufflée par sa course. Ils ont arrêté mon oncle! répète-t-elle plusieurs fois avant de se mettre à pleurer.

— Calme tes nerfs, là! Calme tes nerfs! Qu'est-ce que tu racontes? D'abord, reprends ton souffle, dit Agnès.

— As-tu soif? Veux-tu un Kool-Aid rouge? Un sandwich aux bananes? offre John qui cherche à la consoler.

— Tiens, prends ma serviette pour essuyer tes yeux, dit Agnès en la lui tendant.

— Merci, dit Jocelyne, qui enchaîne. Écoutez, c'est effrayant: ils ont mis mon oncle en prison!

— Mais pourquoi? demandent les deux autres en choeur.

— À cause de Notdog. Il transportait de la drogue. Et ils ont arrêté Notdog aussi! C'est épouvantable!

— Notdog transportait de la drogue? Voyons, c'est impossible! dit Agnès.

— C'est vrai. Il est bien gentil, Notdog, mais il n'a jamais été très très intelligent, ajoute John, pas très diplomate.

— Explique-toi, Jocelyne, dit Agnès.

Les trois amis s'assoient sur les serviettes trempées. Le soleil est très chaud. John et Agnès attendent que Jocelyne parle, mais celle-ci garde le silence, comme pour rassembler ses idées. Elle a l'air perdue, essayant de comprendre vraiment ce qui lui arrive. John décide de parler le premier.

— Au moins, ça fait de l'action.

Les deux filles le regardent, ahuries.

— O.K. Je n'ai rien dit, admettons.

Jocelyne commence alors son explication.

— C'est arrivé ce matin. Après vous avoir quittés, j'ai cherché encore un peu Notdog. Puis je suis rentrée: j'avais faim, moi aussi. En arrivant sur le balcon, j'ai entendu des voix. J'ai regardé par la fenêtre et j'ai vu mon oncle avec un policier qui lui demandait: "Cette médaille appartient-elle à votre chien?" Mon oncle a répondu : "Oui, ne me dites pas qu'il lui est arrivé quelque chose!" Le policier: "Il s'appelle bien Notdog?" Mon oncle: "Oui, oui, qu'est-ce qui se passe?" Sans répondre à sa question, le policier a continué: "Vous êtes bien le propriétaire du chien?" Mon oncle: "Bien sûr, mais où est-il?" Et là le policier a dit: "On l'a arrêté cette nuit à la frontière. Il transportait de l'héroïne. Édouard Duchesne, vous êtes en état d'arrestation."

Jocelyne fait une pause.

— Tu n'es pas entrée dans la maison? demande Agnès.

— Non! J'ai eu peur qu'il m'arrête! Notdog est mon chien à moi aussi!

Elle continue:

— Mon oncle n'arrêtait pas de dire: "Mais qu'est-ce que c'est que cette histoire-là? Et ma nièce Jocelyne qui est sortie! Laissez-moi au moins le temps de lui écrire un mot." Et l'autre l'a emmené.

— C'était quoi son mot? interroge John.

— Mon oncle demande si je peux aller chez toi, Agnès, pour quelques jours?

— Mais évidemment! Tu viens vivre chez moi jusqu'à la fin de l'enquête. Mes parents seront certainement d'accord. Voyons: ton oncle est le propriétaire de

Notdog. Les policiers croient donc que c'est lui qui fait le commerce de la drogue.

— C'est grave de transporter de l'héroïne? demande Jocelyne.

John la regarde avec des yeux exhorbités.

— Grave? Mais c'est très grave! C'est une drogue très puissante et dangereuse! Les gens peuvent mourir quand ils se font des peqûres!

— "Piqûres", John, "piqûres", le reprend Agnès. C'est vrai, Jocelyne, c'est très grave: si ton oncle est trouvé coupable, il risque d'être condamné à plusieurs années de prison.

— Mais pourquoi, si c'est dangereux, y a-t-il des gens qui font le commerce de l'héroïne? demande Jocelyne.

— Tout simplement parce que ça rapporte beaucoup beaucoup d'argent.

— Ton oncle aurait pu dire que Notdog n'était pas à lui, non? demande John.

— Non, Notdog porte une médaille l'identifiant. Ils n'ont eu qu'à regarder dans les registres municipaux, j'imagine.

— Il aurait pu dire qu'il l'a vendu, je

ne sais pas moi, au guenillou par exemple, dit John.

Agnès lève les yeux au ciel.

— Voyons donc! Tout le monde sait que Notdog est à monsieur Duchesne.

C'est vrai, John, ajoute Jocelyne en soupirant. Pauvre Notdog! Il doit être en prison, lui aussi, maintenant.

— Oui, pauvre Notdog! Il va sûrement attraper des pouces!

— Des "puces", John, pas des "pouces", dit Agnès toujours alerte face aux fautes de français du garçon.

Un silence. Chacun réfléchit de son côté. On entend les mouches voler. Tout à coup, les filles sursautent en entendant un bruit de claque et John qui lâche un grand cri:

— Aïe!

— Qu'est-ce qui se passe?

— Je l'ai eue! Elle allait me piquer, sur mon coup de soleil en plus!

Jocelyne hausse les épaules et reprend.

— Je n'arrive pas à y croire: Notdog a passé de la drogue!

— Oh, ça s'est déjà vu, tu sais. Utiliser un animal est une pratique courante,

explique Agnès. Autour des postes fron-
tières, tu entends toutes sortes d'histoi-
res de ce genre. L'année dernière, par
exemple, dans un champ situé à moitié au
Canada, à moitié aux États-Unis, c'est
dans la cloche d'une vache qu'ils ont trouvé de l'héroïne.

— Comment l'ont-il su?

— Ce qui leur a mis la puce à l'oreil-
le c'est que justement on n'entendait plus
la cloche tinter dans son cou.

— Et on a mis le propriétaire de la
vache en prison?   demande Jocelyne
anxieuse.

— Euh... oui. Pour dix ans...

— Non! Je ne veux pas que mon oncle aille en prison! Je suis certaine qu'il
est innocent!

— On est certain, nous aussi, dit John
en essayant de se faire rassurant. Ton
oncle est un honnête homme.

— Oui, Mais...hésite Jocelyne. Il...
euh...

— Il y a un problème? dit Agnès.

— Peut-être, répond Jocelyne. Mon
oncle est déjà allé en prison.

— Alors là, il est dans l'eau chaude,
soupire Agnès.

Tout le monde au poste
est à son poste

Persuadés de l'innocence d'Édouard Duchesne et de celle de Notdog - après tout, le chien ne sait pas qu'il a fait quelque chose de mal -, John, Agnès et Jocelyne se rendent au poste de police. Ils sont bien déterminés à convaincre le chef de police qu'ils ont raison.

Habituellement d'un calme plat, le poste est cet après-midi très animé.

À un coin de rue de là, les enfants entendent déjà des éclats de voix qui rouspètent, s'élèvent, s'indignent ou s'étouffent.

Tous trois reconnaissent vite la grosse toux creuse du maire Michel qui fume des rouleuses une à la suite de l'autre.

— Le maire Michel, ce n'est pas une cheminée, c'est un incinérateur, lance Agnès en l'entendant.

Lorsqu'ils arrivent au pied des trois marches qui mènent à l'intérieur, les trois amis font une pause. C'est la première fois qu'ils pénètrent dans le poste de police. C'est un peu inquiétant.

— Tu crois que le chef de police sait que c'est moi qui ai écrit "Lave-moi!" sur l'auto de police sale? demande Jocelyne avant de faire un pas de plus.

— Penses-tu! On l'a tous fait à tour de rôle! répond Agnès.

À l'intérieur, malgré les hautes fenêtres, il règne une atmosphère sombre. Comme si le soleil avait lui-même peur de se faire arrêter. Derrière le comptoir de la réception, plusieurs personnes parlent en même temps.

Tout d'abord le maire Michel, fulminant:

— C'est inadmissible qu'une chose pareille se passe dans notre village! Nous sommes tous des honnêtes citoyens et ceux qui viennent troubler la paix doivent être punis!

Sur ce, il est pris d'une toux qui permet au chef de police de parler. Lui qui est toujours en train de lire des romans policiers, il est maintenant content de cette activité subite. Il va enfin pouvoir mener une enquête! La tête haute, même s'il est petit et chauve, il affirme avec sérieux:

— Ne vous en faites pas, monsieur le maire: le coupable aura une peine sévère. L'enquête sera vite menée puisque nous avons déjà un suspect tout désigné.

C'est le moment qu'Auguste Gendron, le directeur de la fourrière, choisit pour intervenir.

— Mais pourquoi faire une enquête puisque Duchesne est évidemment coupable? J'ai formellement identifié *son* chien, dit-il avec un calme froid, de sa voix grave et forte; elle est étonnante, cette voix, chez quelqu'un de si maigre.

Jusqu'ici, personne n'a remarqué la présence des trois inséparables. Sur une chaise dans un coin, plutôt couché qu'assis, Bob les Oreilles Bigras, arrêté lui aussi ce matin, se balance tranquillement.

Il les aperçoit et s'adresse alors au chef:

— Aïe, le chef, tu devrais pas laisser la porte ouverte: y a trois microbes qui viennent d'entrer!

Tout le monde se retourne vers eux. Le chef s'approche:

— Qu'est-ce que vous faites ici?

Agnès, la plus audacieuse des trois, s'avance de quelques pas:

— On est venu vous demander de libérer monsieur Duchesne et Notdog parce qu'ils sont innocents!

De sa chaise, Bob les Oreilles Bigras leur lance:

— C'est vous autres qui avez l'air de trois innocents! Hi Hi Hi!

Jocelyne s'approche du chef à son tour:

— C'est vrai, chef: ils sont innoce... euh, pas coupables!

— Et qu'est-ce qui vous fait dire ça? demande le chef, un sourire en coin.

Cette fois-ci, c'est John qui répond:

— On en est çartain, c'est tout!

— "Certain", John, pas "çartain", murmure Agnès en lui donnant un coup de coude.

Le maire Michel tousse alors bruyam-

ment et prend la parole:

— Bon, ça suffit les enfantillages, je n'ai pas que ça à faire.

De la chaise encore arrive un éclat de rire.

— C'est vrai: faut qu'il aille s'acheter un poumon d'acier! dit Bob les Oreilles Bigras, plié en deux.

— Bigras, tu vas aggraver ton cas! l'avertit le chef.

Auguste Gendron fait les cent pas, les mains dans les poches de son pantalon très chic. Trop chic même pour un directeur de fourrière. Il commence à discourir en insistant sur le fait qu'il n'y a pas d'autres suspects qu'Édouard Duchesne.

Il dit que c'est lui-même qui lui a vendu Notdog, qui a précédemment appartenu à une vieille dame, morte hélas quand le chien était encore tout jeune. Pas question de soupçonner une vieille dame décédée. Il ne reste alors que Duchesne comme coupable possible, insiste-t-il.

— Ça pourrait être aussi Bob les Oreilles Bigras, dit le maire. C'est facile d'intercepter ce chien: il est tellement sociable qu'il vient toujours voir quiconque l'appelle.

Bob les Oreilles Bigras se défend en lui disant:

— Et si c'était vous? Ça rapporte beaucoup, de l'héroïne, et si mes renseignements sont exacts, vous aimeriez bien aménager un zoo pour attirer les touristes. Et ça coûte cher, un zoo...

C'est alors que Jocelyne dit, la voix tremblante:

— Mon oncle n'a rien fait! Chef, il n'avait aucune raison de devenir trafiquant. Il est très heureux dans sa tabagie: il voit beaucoup de monde, il lit tous les magazines qu'il veut, il est au courant de tout, il est son propre patron. Pourquoi voulez-vous qu'il prenne le risque de retourner... euh... de retourner en prison?...

— Ah, tu sais ça, toi? demande le chef.

— Oui, je sais, répond Jocelyne timidement.

— Et tu sais aussi pourquoi, je suppose? continue le chef.

D'une voix à peine audible, elle dit:

— Parce qu'il a déjà vendu...du haschich.

John et Agnès restent bouche bée. Le

maire Michel y va d'une toux de satisfaction. Auguste Gendron esquisse un sourire victorieux. Tout bas, regardant le bout de ses pieds, Jocelyne demande encore:

— Où sont-ils, chef?

— Ton oncle est en cellule dans la prison de la ville voisine. Et Notdog vient d'être envoyé à la fourrière. Bon. Je crois qu'il n'y a plus rien à dire. Allez, ouste!

Et le chef les entraîne vers la sortie.

Ayant tout juste passé le pas de la porte, ils entendent Bob les Oreilles Bigras crier:

— Aïe, Jocelyne! Ton chien, est-ce qu'il s'appelle Notdog parce qu'il est trop laid pour ressembler à un chien?

Et Bigras éclate d'un gros rire gras.

Deux prisons

Dans sa cellule, Édouard Duchesne attend. Quoi? Il ne sait pas vraiment. Une seule chose est certaine: tout semble l'accuser. Notdog est son chien, et il a déjà fait de la prison pour avoir vendu du haschich. Il y a dix ans déjà. Édouard Duchesne a maintenant quarante ans.

Depuis son arrestation ce matin, il n'a pas dormi. Il réfléchit.

Il a beau retourner le problème dans tous les sens, il n'arrive pas à soupçonner qui que ce soit. Si lui n'a pas fait le coup, qui d'autre l'a fait? Il n'a tout de même

pas monté ce commerce d'héroïne pendant son sommeil!

Assis sur son lit étroit, il pense à sa tabagie qui est restée fermée aujourd'hui. Tous les clients se demanderont pourquoi, et bien vite, apprendront toute l'histoire. Ils sauront probablement ainsi qu'il a déjà fait de la prison. Il soupire.

Il mène pourtant une vie honnête maintenant. En quittant la grande ville pour s'installer dans ce petit village tranquille, près de la frontière, il croyait pouvoir oublier son passé et recommencer sa vie à neuf.

Il est respecté ici, les gens l'aiment bien et il est heureux. Que va-t-il se passer à présent?

Édouard Duchesne est aussi très inquiet pour sa nièce, Jocelyne, qu'il a laissée toute seule. "J'espère qu'elle est allée chez les parents d'Agnès, comme je le lui ai demandé dans mon mot", pense-t-il.

Il fait chaud dans la cellule et la sueur coule sur son front, le long de ses tempes grisonnantes, le long de son nez, sur ses lèvres minces. La sueur est salée comme des larmes.

— Que va-t-il m'arriver? dit monsieur Duchesne tout haut, même s'il n'y a personne pour entendre.

* * *

Pendant ce temps, Notdog se promène dans sa cage de la fourrière. Il n'a même pas la compagnie des autres chiens car on le garde à l'écart: c'est un criminel.

Dans sa tête de chien, il n'arrive pas à comprendre ce qu'il fait dans cet endroit lugubre. Pourquoi est-ce que sa copine Jocelyne ne vient pas le chercher?

Il entend des chiens qui hurlent, des

chats qui miaulent. Tous ces animaux
savent bien au fond d'eux-mêmes qu'ils
n'en ont plus pour longtemps à vivre. Si
personne ne vient les réclamer dans les
jours qui suivent, ce sera pour eux la
chambre à gaz.

Notdog s'inquiète. Il commence à ha-
leter nerveusement.

Il a beau inspecter chacun des bar-
reaux de sa prison, il n'y voit aucune brè-
che. Pas moyen de s'évader de là.

Il fait sombre. Son nez très fin détecte
une légère odeur de gaz. Soudain, il a
peur. Lui aussi commence à japper et à
hurler tout seul. Mais il n'y a personne
pour l'entendre, lui non plus.

Quel suspect est le plus suspect?

À leur sortie du poste de police, les enfants ont décidé de se rendre chez John. Ils sont assis sur la clôture entourant le paddock où quelques juments mangent tranquillement. Leurs poulains essaient de les téter un peu mais les mères les repoussent d'un coup de queue.

— Dis donc, John, ça doit lui coûter cher à ton père, tous ces chevaux? demande soudainement Jocelyne.

— Oui, pourquoi?

— Euh, il doit avoir besoin d'argent

des fois...

— Qu'est-ce que tu veux dire? Mon père n'est pas une valeur!

— "Voleur", John, on dit un "voleur". Agnès le reprend sans le regarder. Elle est perdue dans ses pensées.

— Excuse-moi, John, dit Jocelyne; et c'est le silence.

On est tout près de la fin de l'après-midi. Il fait encore très chaud. Un poulain s'approche du groupe et John lui caresse le museau. On entend des hordes de mouches voler.

— Je n'arrive pas à décider lequel est coupable, dit Agnès qui semble sortir d'une certaine torpeur.

Elle continue:

— Le maire Michel aurait un bon mobile avec l'histoire du zoo, non?

— Oui, et en plus, il y a une rumeur qui court au village à son sujet, renchérit John. Il va à Montréal toutes les semaines brasser de mystérieuses affaires. Personne n'est au courant de ce qu'il va y faire. On jase.

— Et avec la quantité de cigarettes qu'il fume, il a déjà un peu une personnalité de drogué, enchaîne Agnès.

Jocelyne n'est pas convaincue. Elle regarde une jument dont les oreilles bougent comme des girouettes au moindre sifflement de vent. Elle dit alors:

— Et si c'était Bob les Oreilles? Il n'en serait pas à sa première affaire louche.

— C'est certain, poursuit Agnès. Personne ne sait où il trouve son argent pour vivre et pour faire rouler sa grosse moto Suzuki 850.

— Puis il n'arrête jamais de rire de tout le monde. Aussi, il a l'air de trouver très drôle qu'on soupçonne mon oncle. Peut-être parce que c'est lui le coupable? suppose Jocelyne.

Silence. Les trois amis réfléchissent.

— Il reste une autre personne: Auguste Gendron, dit Agnès.

— Gendron? Pour quelles raisons? demandent les deux autres.

— Je ne sais pas. Mais il m'a semblé bien pressé de faire condamner monsieur Duchesne.

En entendant le nom de son oncle, Jocelyne s'assombrit. "Comment faire pour trouver le vrai coupable?" pense-t-elle.

Et comme si elle avait pu lire la question dans les yeux de son amie, Agnès déclare:

— Eh bien, moi, je ne vois qu'un seul moyen de parvenir à découvrir la vérité.

Les deux autres deviennent tout attentifs. Elle continue:

— Ce soir, nous allons essayer de libérer Notdog. Peut-être qu'il nous amènera à l'endroit où il va porter la drogue. C'est ton chien, Jocelyne. Si tu lui demandes de nous emmener, il le fera.

— Tu sais, il fait toujours à sa tête, Notdog...

— Et si on lui attachait des enveloppes de sucre? questionne John. S'il a été bien dressé, il ira les porter.

— Excellente idée, John. Tu n'es pas si bête qu'on pense après tout! déclare Jocelyne.

John va protester mais elle lui fait son plus beau sourire.

— Oui, c'est une idée. Ça ne coûte rien d'essayer, décide Agnès.

Elle saute en bas de la clôture. Jocelyne la suit. Encore perché là-haut, John se désole de n'en savoir pas plus.

— Ah! Si on saurait! si on saurait!

— Si on "savait", John, lui crie Agnès. On dit, si on "savait".

Et John saute en bas, manque son atterrissage et tombe par terre. Il se retrouve aux pieds d'un poulain étonné qui a l'air de se demander ce que John peut bien faire à quatre pattes alors qu'il n'en a que deux...

Tous les chemins mènent à...

Le rendez-vous a été fixé à dix heures.

Agnès et Jocelyne, qui partagent maintenant sa chambre, font semblant d'être endormies. Par chance, les parents d'Agnès se couchent très tôt. Dès qu'elles les entendent s'installer dans leur chambre, elles se sauvent par la fenêtre.

De son côté, John a pris soin d'installer ses oreillers de façon à reproduire sa forme dans le lit. Si ses parents viennent vérifier son sommeil par la porte entrebâillée, ils n'y verront que du feu. Car ils sont myopes tous les deux.

Près de la fourrière, quelque peu en retrait du village, tout est silencieux. Personne autour.

C'est la pleine lune: le ciel est donc très clair.

Agnès, Jocelyne et John s'approchent de l'entrée. Ils n'osaient l'espérer: la porte n'est pas verrouillée. Quelqu'un est venu. Mais pas de temps à perdre à se demander qui.

Ils avancent à tâtons: il n'est pas question d'allumer la lumière et d'alerter qui que ce soit.

Ils ouvrent une porte: c'est le bureau d'Auguste Gendron. D'une propreté insupportable!

Ils avancent, ouvrent une deuxième porte: le bureau de la secrétaire, la vieille madame Leboeuf. "Ça tombe bien comme nom, dans un endroit où on héberge des animaux", murmure Jocelyne.

Ils avancent encore et se retrouvent au bout du couloir, devant une lourde porte. Au travers, on entend des chiens qui soupirent et des chats qui miaulent à la lune.

Les trois amis poussent la porte. Un

peu découragés, ils se demandent comment trouver Notdog. Ils n'auront pas à réfléchir longtemps car c'est Notdog qui leur indique le chemin.

Il a repéré l'odeur de Jocelyne dès son entrée et ses aboiements tout contents guident ses sauveteurs. Il est tout au fond, derrière une porte vitrée. On peut presque voir sa silhouette.

Il saute et tournoie dans sa cage en voyant arriver les enfants. Il n'y a qu'un loquet à sa prison, ce qui leur permet de l'ouvrir facilement. Notdog, tout heureux, bondit sur Jocelyne, vient se faire flatter par John, puis par Agnès.

Jocelyne a des larmes de joie. Les deux autres ont des larmes qui montent à voir Jocelyne pleurer. Agnès chuchote: "Bon, assez pleurniché! On a autre chose à faire."

Ils rebroussent chemin. Les chiens se plaignent: ils voudraient sortir, eux aussi. Mais les enfants ne peuvent les emmener tous.

Dehors, ils courent à grande vitesse vers le bois. Essoufflés mais en lieu sûr, ils se jettent dans l'herbe et Notdog croit que c'est pour s'amuser. Jocelyne lui prend la tête entre ses mains, lui donne un bec sur le front et lui dit:

— Demain, on va bien s'amuser. Mais avant, il faut que tu nous montres ce que tu sais...

Comme prévu, les enfants attachent des enveloppes de sucre au collier de Notdog.

Jocelyne lui gratte les oreilles en lui disant:

— Allez, mon chien, va les porter!

Et Notdog s'élance.

Il prend la direction opposée à celle du village et coupe à travers une clairière. Une fois de l'autre côté, il s'engage dans un sentier qui borde une forêt. Il fait à peine quelques mètres, puis il prend à droite, dans le bois.

Il va si vite que John, Agnès et Jocelyne ont du mal à le suivre. Le bois est très dense. S'il permet à Notdog de passer facilement, il en est autrement avec les enfants. Des branches, des arbustes, des pierres nuisent un peu à leur avance.

Jocelyne se pique sur des chardons. John met les pieds dans tous les trous de boue qui sont sur son chemin. Agnès s'écorche un genou en tombant sur une roche coupante.

Enfin, Notdog sort de la forêt. Il traverse un pré où, le jour, ruminent paisiblement une dizaine de vaches.

Les enfants font de longues enjambées. Le ciel a beau être plein d'étoiles, on ne voit pas où on marche. Un bruit de branches qui craquent les arrête soudain. Quelque chose vient vers eux.

John va faire un pas et tout à coup reste figé, un pied en l'air:

— *Oh God!* J'ai failli marcher sur un porc-épic!

La petite bête continue lentement son chemin, comme si de rien n'était. Et les inséparables ne partent qu'après s'être assurés que le porc-épic n'était pas avec des copains.

Ils escaladent la clôture qui borde le pré. Ils sont essoufflés mais Notdog ne leur laisse pas une seconde pour se reposer. Il a déjà pris une bonne avance et s'apprête à pénétrer dans un sous-bois.

John, Jocelyne et Agnès redémarrent rapidement et entrent à leur tour dans cette nouvelle forêt aux arbres très serrés.

Encore des égratignures aux cuisses de Jocelyne, de la boue dans les lunettes de John, des branches qui arrachent des cheveux à Agnès.

Au milieu du sous-bois, on a coupé une bande d'arbres pour tracer une ligne droite. C'est comme une pente de ski, mais en terrain plat. Ou comme si on avait fait une coupe de cheveux punk à la forêt en lui rasant le milieu du crâne.

— La frontière américaine! constate Agnès.

Ils pénètrent donc clandestinement aux États-Unis.

Notdog poursuit son chemin. À la limite du sous-bois, ils débouchent sur une clairière. Au fond se trouve une vieille maison de ferme, délabrée et mal éclairée. Notdog se dirige droit sur elle.

Instinctivement, les enfants se cachent et regardent Notdog gratter et japper à la porte.

Celle-ci s'ouvre...

Le silence est parfois d'or

Jocelyne, John et Agnès voient sortir un homme de la maison. Ils ne le connaissent pas. Il est petit et gros comme le maire Michel mais il a un visage sinistre.

Il est visiblement très surpris de l'arrivée de Notdog. Il ne l'attendait certainement pas ce soir. Avec un fort accent anglais - ce doit être un Américain - il s'adresse au chien:

— Qu'est-ce que tu fais ici, Notdog?

Notdog se calme et s'assoit, tourne la tête en direction des enfants; il se demande où ils sont passés. Est-ce que le jeu serait déjà terminé?

Pour éviter de se faire repérer à cause de Notdog, les enfants se dissimulent un peu plus.

L'homme ne semble pas accorder d'attention aux regards de Notdog. Il se penche et fouille plutôt le collier du chien à la recherche d'un paquet.

— Vous avez vu? murmure Agnès. L'homme sait que Notdog transporte un colis. Il est dans le coup.

— Oui, chuchote John.

L'homme tâte les sacs de sucre.

— J'espère qu'il ne va pas y goûter, dit Jocelyne. Il s'apercevra tout de suite que ce n'est pas de l'héroïne.

— Oui, continue Agnès. Et alors, il prendra vite la fuite et nous aurons perdu notre coupable.

Mais l'homme n'ouvre pas les sachets. Il reste bizarrement immobile, sans rien dire de plus à Notdog. Il se gratte le crâne, semble réfléchir.

— Dès qu'il entre dans la maison, on court au village avertir la police, décide Agnès.

— Mais pourquoi est-ce qu'il reste

dehors? demande Jocelyne.

L'homme ne bouge pas. Il regarde à l'intérieur, fait un signe discret que les enfants ne voient pas. Excités d'avoir déniché le coupable, ils ne pensent qu'à s'en retourner au plus vite.

Leur respiration se fait haletante. L'homme ouvre la porte de la maison pour y faire entrer Notdog, qui semble bien avoir oublié ses amis. Cela froisse un peu Jocelyne mais, dans les circonstances, c'est beaucoup mieux pour eux.

L'homme reste cependant dehors, empêchant ainsi leur retraite.

Jocelyne murmure:

— Reste à savoir qui d'habitude envoie la drogue.

— La police interrogera notre homme et on le saura, répond John.

— Oui, continue Jocelyne. Et je suis certaine que ce n'est pas mon oncle.

Soudain, une voix derrière eux leur répond:

— Non, ma p'tite, ce n'est pas ton oncle.

Les enfants sursautent et se retournent vivement. L'homme se tient dans l'ombre d'un sapin. On ne peut pas voir son visage. Mais on peut très bien distinguer le fusil qu'il pointe vers eux.

Les enfants restent cloués sur place, paralysés par la peur. Jocelyne sent son coeur battre très fort dans sa poitrine. John a soudain les jambes molles. Et

Agnès est prise d'un tremblement qui lui fait claquer des dents.

Brusquement, l'homme au fusil leur ordonne:

— Sortez de là! Vous allez avancer lentement vers la maison, les mains en l'air!

Des témoins un peu trop gênants à son goût

Les enfants sortent prudemment de leur cachette. Ils craignent qu'un geste brusque, un craquement de branche, un faux pas aient pour effet de déclencher la gâchette. L'homme au visage caché rit:

— Il est un peu tard pour essayer de ne pas faire de bruit! Vous auriez dû vous taire bien avant...

«Je connais cette voix, mais qui est-ce?» se demande Agnès, en avançant, le dos tourné à l'homme au fusil.

De leur côté, John et Jocelyne ont la

même impression. Ce ton leur est familier.

Sur le balcon, l'Américain, les poings sur la taille, les regarde venir. Son sourire n'a rien de rassurant.

— Mon cher Al, voilà la cueillette, lui crie la voix.

— *Well, well,* qu'est-ce qu'on va faire avec les *kids:* de la confiture peut-être?

Et les deux hommes partent à rire. Les enfants, eux, ne les trouvent pas drôles du tout.

Ils se rapprochent les uns des autres. Cela leur donne un semblant de sécurité.

— Montez! ordonne la voix.

Ils montent les marches qui craquent dans la nuit. Notdog se précipite dans la porte en les entendant arriver, tout joyeux de retrouver ses copains de jeux. Al ouvre la porte et les pousse rudement tour à tour à l'intérieur.

Une ampoule sale de 40 watts éclaire la pièce d'une lumière blafarde. Au centre, une table bancale et deux chaises au dossier éventré et aux pattes de métal rouillées. Dans un coin, une cuisinière à gaz avec, dessus, une casserole bosselée remplie d'eau.

— Avancez! leur dit Al bêtement.

Oui, mais où? Les enfants restent figés sur place.

Dans un autre coin, il y a un sofa antique dont personne ne voudrait tellement il est déchiré et taché. On voit à deux ou trois endroits les ressorts qui percent ce qui reste du tissu. Al le leur pointe du doigt.

Les sandales mouillées de rosée de John font schlick! schlick! schlick! sur le linoléum sale.

Indifférent à l'état lamentable du meuble, Notdog saute sur le sofa. Hésitants, mais poussés par un fusil qu'ils sentent trop bien derrière eux, les enfants s'y installent à leur tour.

Ils se retournent et c'est alors qu'ils découvrent avec stupéfaction l'identité de la voix.

— Auguste Gendron! s'exclament-ils en choeur.

— Alors, les microbes, on se revoit plus vite que prévu, dit-il ironiquement.

Il va s'asseoir sur une des chaises brisées, hésite et décide finalement de rester debout. Ce n'est pas parce qu'on est un bandit qu'on aime nécessairement la saleté. C'est même le contraire dans son cas.

Il aime les choses chères, neuves, reluisantes. Il aime surtout l'argent qui lui permet d'accumuler ces choses, voiture, bijoux, vêtements. Les siens sont d'un chic princier. Et il est prêt à se procurer tout ce qui lui plaît par n'importe quel moyen.

Agnès, Jocelyne et John restent silencieux. L'aventure excitante du début de la soirée vient de prendre une mauvaise tournure.

— Vous êtes tenaces et débrouillards: j'avais pourtant bien verrouillé la porte de la fourrière avant de partir, commence Gendron.

Effrayés par la vue du fusil à long canon qui traîne sur la table, aucun des enfants n'ose lui dire qu'ils l'ont trouvée ouverte.

— On vous a coupé la langue? Vous étiez plus bavards que ça au poste cet après-midi. Al, va donc voir s'ils ont encore une langue.

Al s'exécute. Il s'approche des enfants. De sa main droite il empoigne Agnès par les cheveux. De sa gauche, il

lui serre les poignets. Il a deux paluches immenses qui pourraient briser les bras d'Agnès en un tour de main.

— Ouvre ta bouche, *kid*, commande-t-il en commençant à lui tirer les cheveux.

John bondit sur lui.

— Lâche-là, vieux crépuscule! et il commence à lui donner des coups le plus fort qu'il peut.

L'autre lâche Agnès et n'a aucun mal à rasseoir John en le menaçant d'une gifle.

— Attends, Al, pas tout de suite. Je dois des explications à ces monsieur dames avant.

Al s'éloigne. Agnès murmure à John, la voix toute chevrotante:

— On dit "crapule" John, "crapule" pas "crépuscule".

Auguste Gendron s'éclaircit la voix, fait quelques pas vers la droite, quelques pas vers la gauche. Il semble réfléchir à la façon la plus spectaculaire possible de s'adresser aux enfants. Il n'aime pas les enfants, ni les animaux d'ailleurs. C'est pour ça qu'il est bien à la fourrière: en tuer quelques-uns de temps en temps, ça lui fait du bien.

Il n'aime réellement que l'argent.

— Je suis certain que dans vos petites têtes idiotes, vous avez des questions à poser. Mais vous avez trop peur, n'est-ce pas? Alors voici. Je vais tout de suite vous confirmer ce que vous savez maintenant: c'est bien moi qui fais passer de la drogue à Notdog.

Jocelyne prend son chien dans ses bras, le serre très fort et lui demande:

— Oh, pourquoi Notdog? Tu n'es pas bien avec moi?

— Les enfants sont vraiment crétins, dit Gendron en regardant Al. Ils parlent aux chiens, comme si ces bêtes stupides allaient leur répondre!

Pourquoi Notdog s'est-il tout à coup mis à japper en direction de Gendron? Personne ne saura jamais.

Auguste Gendron continue:

— Ce chien n'a jamais appartenu à une vieille dame. J'ai fait passer Notdog pour un chien de la fourrière, mais en fait, il était à moi.

— Quoi? crie Jocelyne horrifiée. Pauvre Notdog!

Et elle caresse vivement son chien.

Agnès se risque alors à poser une question:

— C'est vous qui l'avez entraîné à ce petit transport à travers les bois?

— On ne peut rien te cacher. Mais il aurait été beaucoup trop dangereux pour moi de garder Notdog. S'il s'était fait prendre, comme c'est arrivé, on m'aurait tout de suite arrêté.

John se risque à parler à son tour:

— Et vous l'avez donc vendu à monsieur Duchesne pour faire dévier les suçons.

— "Soupçons", on dit "soupçons", pas "suçons", le reprend Agnès sans penser encore une fois que ce n'est pas vraiment le moment pour la leçon. Mais c'est plus fort qu'elle.

— Mais pourquoi mon oncle? Il ne vous a rien fait! lance Jocelyne, indignée.

— J'ai un ami, passeur de drogue de son métier. Il est venu me voir, pour une affaire disons. Il est allé s'acheter des cigarettes à la tabagie de ton oncle. Au retour, il m'a appris qu'il connaissait bien le propriétaire: ton oncle était son ancien compagnon de cellule. Quand j'ai su qu'il s'était retrouvé en prison à cause de la drogue, j'ai eu mon suspect idéal.

— Méchant! Méchant! s'écrie Jocelyne, ce qui fait rire Gendron.

Il continue:

— Après, il ne restait qu'à convaincre Duchesne d'acheter Notdog. C'était le plus facile puisque sa nièce, toi Jocelyne, rêvait justement d'un chien. Ce qui lui arrive aujourd'hui est en partie de ta faute, conclut-il en ricanant.

Il devient sérieux tout à coup. Il n'a plus envie de rire et ses yeux gris et froids deviennent menaçants.

— Vous n'auriez jamais dû vous prendre pour des détectives. En tout cas, ce sera votre première... et votre dernière enquête. Taisez-vous! commande-t-il en voyant les enfants ouvrir la bouche pour protester.

Al s'approche en se frottant les mains, ce qui les persuade immédiatement de rester tranquilles.

— Qu'est-ce qu'on pourrait bien faire avec eux, hein, *boss?* demande Al.

— Ce sont des témoins bien gênants. On va être obligés de s'en débarrasser. Que dirais-tu d'un petit tour au lac Memphrémagog? Quelques pierres attachées aux pieds et hop! Ça va couler vite. À moins que...

Bon débarras!

Les deux hommes chuchotent entre eux: quel sort horrible réservent-ils aux enfants? Les abandonner séparément au fond des bois? Leur dessiner une cible dans le dos et leur tirer dessus? Leur coincer les pieds dans une trappe à ours?

Agnès frissonne: elle imagine le pire. "Il faut absolument trouver un moyen de sortir d'ici!" pense-t-elle.

Elle inspecte la pièce du regard. Il y a une seule ampoule allumée à l'intérieur. Aucune à l'extérieur. "Tiens tiens; si on arrivait à plonger la pièce dans le noir, on aurait peut-être une chance."

Elle poursuit son examen. "Voyons, le fusil est sur la table: Gendron mettra deux ou trois secondes à l'atteindre en cas de besoin. Bien. La distance entre la maison et le bois n'est pas grande. Bon. Sortir de la maison en courant et se faufiler entre les arbres, ça nous prendrait au plus cinq secondes. Comment gagner le temps qu'il faut?"

John et Jocelyne observent Agnès. Sur un simple clignement d'yeux de sa part, ils comprennent qu'ils doivent suivre son regard. Il se pose plusieurs fois sur l'ampoule. Ils saisissent alors ce qu'il faut chercher.

Près de la cuisinière où Al vient de mettre de l'eau à bouillir, les deux hommes ricanent. Au son de ces rires cruels, les enfants sentent qu'il faudra agir vite s'ils ne veulent pas finir en bouillie pour les chats.

Jocelyne aperçoit un interrupteur près de la porte d'entrée. Avec un tout petit signe de tête, elle le montre à John. Bien. Maintenant, comment s'y rendre et éteindre la lumière? Comment créer une diversion? "Notdog! c'est le moment de nous aider", murmure-t-elle pour elle-même.

Elle détache discrètement un de ses souliers de course, compte un, deux,trois, go! et le lance à travers la pièce. En véritable chien qui adore déchiqueter des chaussures, Notdog s'élance pour l'attraper. Les deux hommes se retournent vivement vers le chien. John bondit vers l'entrée, atteint l'interrupteur, éteint la lumière et ouvre la porte.

Gendron jure et se précipite sur son arme pendant que les filles courent à leur tour vers la porte à ressort qui se referme derrière elles.

Dans le noir, Notdog cherche la chaussure qu'il a ratée au vol. Il passe entre les jambes d'Al, qu'il fait tomber.

— Sale chien! jure-t-il en se relevant aussitôt.

Les deux hommes sont près de la porte d'entrée. Auguste Gendron vise les enfants qui descendent les marches en courant.

Bang! Un coup de feu est tiré. Une vitre vole en éclats. Les enfants se jettent dans l'herbe mouillée. Quelqu'un crie:

— Police! Que personne ne bouge!

Il fait noir comme dans une mine. On entend de nouveau un bruit de verre qu'on écrase du pied. Gendron et son complice s'enfuient par une fenêtre de l'autre côté de la maison.

— Par là! crie une voix.

Le visage enfoui dans leurs mains, les trois enfants restent immobiles. Ils entendent des pas lourds qui s'éloignent et martèlent le sol autour de la maison.

— Ils sont de ce côté-là! dit encore la voix.

Des bruits de course, un coup de feu, des craquements de branches. Une corneille croasse en s'envolant. Un deuxième coup de feu. Un troisième.

— Jette ton arme au sol! Haut les mains! Vous êtes pris!

À ces mots, les trois inséparables lèvent prudemment la tête. Ils voient bientôt surgir des faisceaux de lampes de poche. Dans les rayons, approchent Al et Gendron, les mains en l'air. Ils sont suivis du chef de police et de ses hommes. Quelques policiers américains les accompagnent.

— Il n'y a plus de danger, vous pouvez vous relever, dit le chef.

Il continue:

—Bien joué, les enfants! Nous étions dehors depuis un bon moment, mais on ne savait pas comment réussir à prendre d'assaut la maison. Avec vous à l'intérieur, c'était trop risqué: vous auriez pu être gravement blessés, et même tués.

Gendron furieux, le visage défait par une horrible grimace, grogne:

— J'ai toujours détesté les enfants et je les déteste encore plus aujourd'hui!

— Tu es chanceux, il n'y en aura pas en prison! La ferme maintenant! répond le chef sur un ton qui ne permet aucune réplique.

Puis, s'adressant aux enfants:

— Mais dites-moi, comment avez-vous fait pour réussir à éteindre la lumière?

Avec beaucoup de fierté, Jocelyne commence:

— Eh bien, ça n'a pas été facile mais...

Elle est interrompue par une longue plainte qui arrive de la maison. Une patte gratte à la porte.

— Oh, Notdog est encore à l'intérieur!

Elle lui ouvre. Il sort tout excité et arrive dans un rayon de lumière.

— Mais qu'est-ce que ce chien fait avec un soulier de course dans la gueule? demande le chef.

Jocelyne, John et Agnès pouffent de rire.

Tout le monde
s'explique

Une voiture de police a conduit Auguste Gendron et Al en prison. Menottes aux mains, hargneux, ils n'étaient pas beaux à voir. Ils sont maintenant sous les verrous et y resteront jusqu'à leur procès. Il ne fait aucun doute qu'ils y resteront plusieurs années après leur condamnation.

La même voiture stationne maintenant devant l'entrée du poste de police. Les portières s'ouvrent, un homme en sort et monte l'escalier de pierre. Il pousse la porte.

— Oncle Édouard! s'écrie Jocelyne.

Elle s'élance vers lui, saute dans ses bras et tous deux se serrent très fort. John et Agnès le saluent à leur tour en lui donnant la main.

Sur le mur, la vieille horloge brune avec de gros chiffres marque deux heures du matin. Notdog s'installe en boule en plein milieu de la place. Le chef bâille.

— Mon cher Édouard, commence-t-il, je suis désolé des inconvénients que cette malheureuse histoire a pu vous causer. Voyez-vous, j'ai toujours douté de votre culpabilité. Mais pour trouver le vrai coupable, il fallait lui faire croire que personne ne le soupçonnait.

— Vous saviez que c'était Gendron? demande Agnès.

— Non, pas exactement. On savait où allait la drogue, mais on ignorait l'identité de l'expéditeur. Il fallait réussir à le prendre sur le fait pour pouvoir l'arrêter. La capture de Notdog, hier soir, était une occasion rêvée pour nous de le découvrir.

Agnès et John s'échangent un regard mécontent.

—Euh, c'est pas mal grâce à nous

trois que vous avez trouvé. Après tout, on a permis à Notdog de s'évader! lance Agnès au chef.

Un peu gêné, le chef répond.

— Euh, oui, euh, c'est vrai, oui. Mais je dois dire que je vous ai un peu aidés. Malgré moi.

— Vous saviez qu'on viendrait?

— Non, pas du tout. Mais hier soir, vers 9 heures 30, je suis allé à la fourrière. Je voulais examiner Notdog encore une fois. Je cherchais une trace de boue ou un tout petit morceau de tissu dans son poil, une piste. On ne sait jamais: des détails comme ceux-là peuvent être des indices précieux lors d'une enquête.

Malheureusement... euh... je suis allergique aux chats. Voilà. Après quelques minutes dans la fourrière, j'étouffais. Je suis donc retourné chez moi chercher mes pilules pour les allergies. Et je n'ai pas pris la peine de verrouiller. À mon retour, Notdog avait disparu. Il n'avait certainement pas ouvert sa cage tout seul. Je me suis dit que notre coupable était passé par là.

— Mais comment nous avez-vous retrouvés? demande Agnès.

— Je vous l'ai dit: on savait où allait la drogue. J'ai rassemblé quelques hommes, alerté la police américaine. On s'est rendu sur place. Vous connaissez la suite.

— Attends que je raconte ça à mes parents! Dire qu'ils sont certainement en train de gonfler en ce moment! dit John.

— "Ronfler", John, on dit "ronfler", pas "gonfler"! répond Agnès, comme d'habitude.

Le chef intervient.

— Désolé de te détromper, John. Mais tes parents sont debout et t'attendent sûrement impatiemment.

— Quoi?

— Pendant que, tout à l'heure, vous regardiez Gendron et son complice partir, je leur ai téléphoné. Heureusement, ils ne s'étaient pas aperçus de votre disparition. Ils dormaient. Je leur ai résumé l'histoire, mais je vous ai laissé les meilleurs moments à raconter.

Monsieur Duchesne tient toujours bien serrée la main de Jocelyne. Il est très ému:

— Les enfants, je ne sais pas comment vous remercier. En tout cas, une chose est certaine: vous n'aurez plus jamais à payer vos revues de bandes dessinées.

Les trois amis applaudissent. Duchesne poursuit:

— Gendron! Je n'aurais jamais cru ça de lui.

— Nous, on a soupçonné tout le monde, dit Agnès fièrement: Auguste Gendron, Bob les Oreilles Bigras. On a même pensé au maire Michel. À cause du zoo et de ses voyages mystérieux à Montréal.

— Oh, oui, ses voyages. Vous me promettez de ne rien dire? dit le chef.

— Juré craché, répondent les enfants en choeur.

— Il suit en secret une cure d'acupuncture pour arrêter de fumer. Jusqu'ici, c'est sans grand succès, hélas! et il continue d'empester tout le monde et de tousser sans arrêt. Quant au zoo, eh bien, ça devrait se concrétiser, mais avec des fonds bien honnêtes.

— Et Bob les Oreilles, comment il vit, lui? demande Jocelyne.

— Ça! Je crois qu'il aime bien troubler un peu la paix pour se faire jeter en prison un jour ou deux. Là, il peut manger à sa faim. Je pense aussi que la nuit , pour faire rouler sa moto, il vole de l'essence dans le réservoir des voitures. Mais on n'a jamais pu le prendre sur le fait. Ça viendra.

La fatigue commence à se faire sentir. Même Notdog, bien tranquille depuis leur arrivée, a de la difficulté à garder ses grand yeux noirs ouverts.

— Édouard, puis-je vous charger de raccompagner nos amis chez eux? Je pense que tout le monde mérite un bon repos.

— Avec grand plaisir. Vous venez, les enfants?

La compagnie se met en branle.

— Et vous, chef, vous ne rentrez pas chez vous? demande Agnès.

— Non, je vais me faire un bon café et rédiger mon rapport final sur cette affaire.

Aussitôt dit, aussitôt fait. Le chef va chercher une tasse. Il prend deux sachets de sucre qu'il secoue avant de les ouvrir.

C'est alors que Notdog fait un bond, saisit les sachets dans sa gueule et demande à sortir.

— Non, Notdog, c'est fini les voyages de l'autre côté de la frontière! lui dit Jocelyne en riant.

Le groupe sort. Le chef s'installe à sa machine à écrire. Il écoute les voix qui s'éloignent et entend une petite qui dit:

— "Épuisé", John, on dit "épuisé", pas "épousé"!

Achevé d'imprimer
sur les presses des Ateliers des Sourds Montréal (1978) inc.